Es war ein sorgenfreies Leben, gänzlich ohne Unannehmlichkeiten und mit dem Versprechen auf eine glückliche Zukunft.

Das Königreich Batalia, in dem ich einst als Prinzessin das Licht der Welt erblickte.

Jeden Tag betete ich zum lieben Gott und dankte ihm dafür.

BLOOD CRAWLING PRINCESS

Yuki Azuma

Inhalt

Blood Crawling Princess
Yuki Azuma

... doch damals ...

Ich war fest davon überzeugt, meine Tage als Prinzessin würden ewig andauern ...

Triggerwarnung: Dieser Titel enthält sexuelle, psychische und physische Gewalt.

... hatte ich noch keinerlei Vorstellung ...

... von der ab-
grund-
tiefen
Hölle
unserer
Welt.

He, beweg gefälligst dein Maul!
Leck anständig!
BWOMM
Mit dir vergeude ich nur meine Zeit!
V-verzeiht!

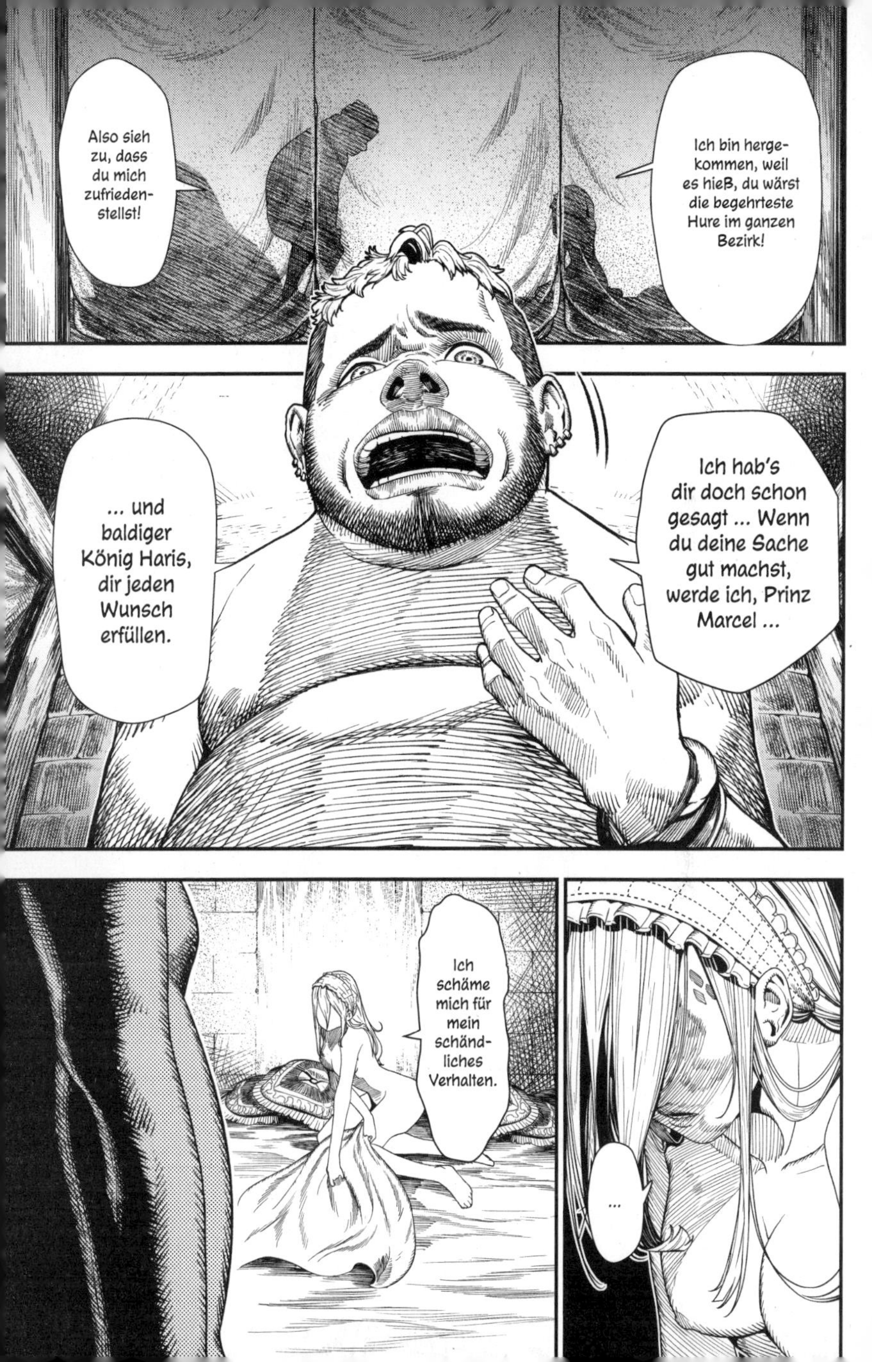

Also sieh zu, dass du mich zufriedenstellst!

Ich bin hergekommen, weil es hieß, du wärst die begehrteste Hure im ganzen Bezirk!

... und baldiger König Haris, dir jeden Wunsch erfüllen.

Ich hab's dir doch schon gesagt ... Wenn du deine Sache gut machst, werde ich, Prinz Marcel ...

Ich schäme mich für mein schändliches Verhalten.

...

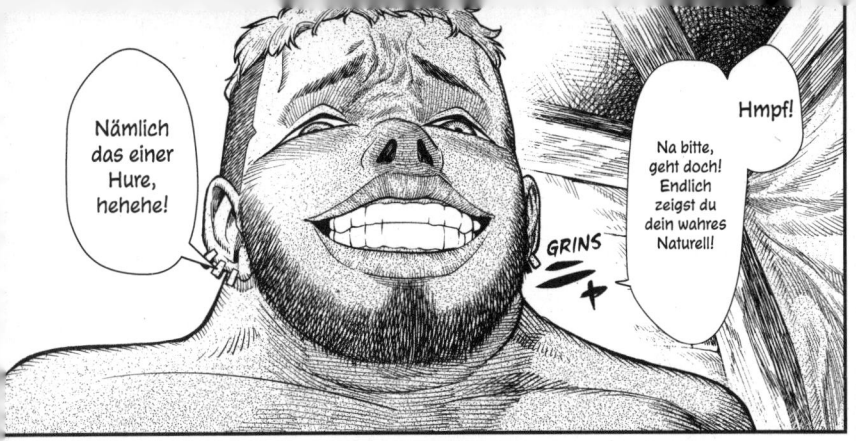

Nämlich das einer Hure, hehehe!

Hmpf!

Na bitte, geht doch! Endlich zeigst du dein wahres Naturell!

GRINS

Mein wahres Naturell ... Dabei besitzt kein Mensch auf Erden so etwas wie ein wahres Wesen ...

Auf, zeig mir deinen Arsch!

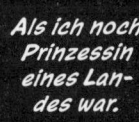

Als ich noch Prinzessin eines Landes war.

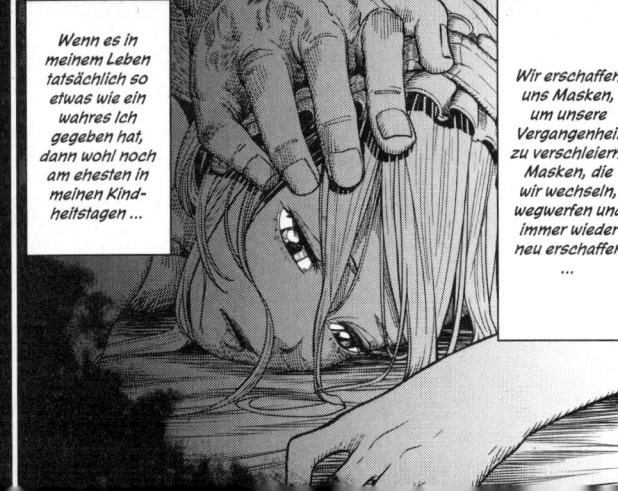

Wenn es in meinem Leben tatsächlich so etwas wie ein wahres Ich gegeben hat, dann wohl noch am ehesten in meinen Kindheitstagen ...

Wir erschaffen uns Masken, um unsere Vergangenheit zu verschleiern. Masken, die wir wechseln, wegwerfen und immer wieder neu erschaffen ...

... es war ein Blutbad!

RAUN

RAUN

RAUN

RAUN

Unser Haus ist heute wieder gut besucht.
Das haben wir vor allem Euch zu verdanken.
Wenn der Lärm Euch stört, können wir gern in eines der Separees gehen.
Nein. Ab und an tut der Trubel gut.
Aber Ihr seid darüber längst erhaben, Prinz Marcel. Schließlich ...
... werdet Ihr vielleicht schon bald zum König unseres Landes erkoren.

He, kann Marcel überhaupt König werden? Ist der nicht sogar nur Dritter in der Erbfolge?

Ha ha ha!

Nicht nur vielleicht, Kindchen – sondern ganz sicher!

Sei kein Narr.

Aber lass uns nicht mehr über den Palast sprechen ...

Er muss doch bloß seine zwei älteren Brüder umbringen, und schon gehört der Thron ihm.

Da fragst du noch?

Bei so viel Macht und Einfluss müssten die Frauen sich doch längst um ihn scharen.

Wieso kommt so einer überhaupt ins Bordell?

Man nennt sie Prinzessin ...

... Priscilla.

Er will die bekannteste Hure des Viertels sehen.

Was denn?

Verehrter Prinz ... Eure Laura versteht es einfach nicht!

Hm, schlecht ist die nicht, ja ... Aber ist sie für seinen Geschmack nicht etwas zu gewöhnlich?

Ich möchte auch Eure Liebe und Zuneigung erfahren ...

Weshalb darf ich Euch keine Gesellschaft leisten?

Du Hund, nicht so laut! Am Ende hört Marcel uns noch!

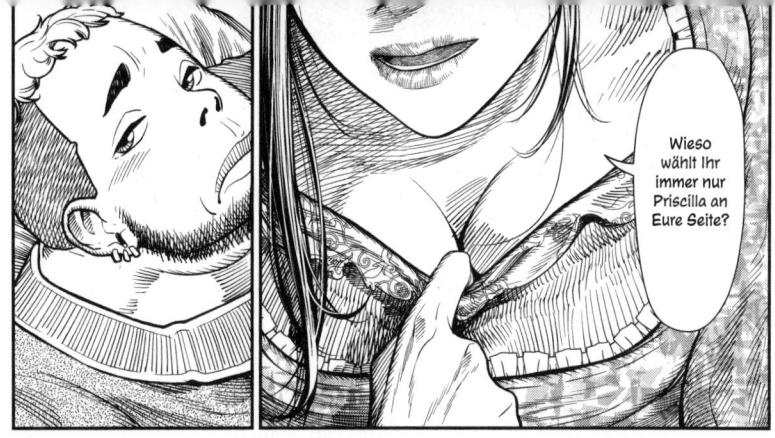

Wieso wählt Ihr immer nur Priscilla an Eure Seite?

Und die, die viel kosten, sind noch am reinsten.

Weil sie die Teuerste von euch allen ist.

Ähm, also ...

Wie gemein!

So rein, wie Ihr glaubt, ist Priscilla nämlich gar nicht!

Die billigen Huren pack ich nicht an!

Könntet Ihr mir sagen, wie man das isst? Ich kenne mich mit den Gepflogenheiten leider nicht so gut aus ...

Durchtrieben!

Nicht mal das weißt du?

Bist du dumm?

Ähm ... Ja?

He, du! Die nicht mal weiß, wie man Obst isst ...

Tss, also ehrlich.

Gib her!

... auch mir Beachtung schenkt.

Sieh dich vor, hörst du? Lange schau ich mir deine Spielchen nicht mehr mit an. Ich werde schon dafür sorgen, dass Marcel ...

Ah, sie meinte mich, verzeiht!

GRR

Priscilla?

Was?

Hm. Na schön.

Prinz Marcel! Wollt Ihr Euch nicht ein wenig die Beine vertreten?

Gott, mir stehen schon alle Haare zu Berge ...

Mein Herr!

Ein Spaziergang? Aber, mein Herr, solltet Ihr nicht besser in Euer Herrschaftsgebiet zurückkreisen und Euch um die offiziellen Amtsgeschäfte kümmern?

Ich drehe eine kurze Runde. Du wartest hier.

Oder gibt es ein Problem damit?

Die können bis morgen warten. Ist ja nicht so, als würde unser Land über Nacht verschwinden.

Oh, meine Nägel sind ganz brüchig.

Nein ...

Die Weiber kann man nur hier vor Ort kaufen!

Aber was soll man tun, nicht wahr?

„Das schadet nur dem Ansehen." Hm?

Klingt, als wolltet ihr sagen, „Ein Prinz hat nicht ins Bordell zu gehen" ...

N-nicht doch!! Wo denkt Ihr hin, mein Herr?

Freudenhausviertel San Misa,
autonome Sonderregion.

Wenn ihr ein Problem damit habt, beschwert euch bei meinem alten Herrn, dem König von Hari. Der hat den Sündenpfuhl hier erbaut.

Zu 90% sind es Frauen, die hier arbeiten, und wer in San Misa arbeiten will, wird weder nach sozialem Rang noch nach der eigenen Vergangenheit befragt. Die Dinge laufen hier etwas diskreter.

Zahlreiche der hier erlassenen Gesetze unterscheiden sich daher stark von denen des restlichen Königreichs.

Auf Anordnung des Königs gilt San Misa als einziger Ort, an dem es Frauen ausdrücklich erlaubt ist, ihre Körper für die sinnlichen Freuden anzubieten.

Das Freudenhausviertel San Misa ist eine autonome Region innerhalb des Königreichs.

Lady Priscilla!

Und die junge Frau, die in San Misa am meisten Goldmünzen verdient, heißt ...

Wie? Das ist Prinz Marcel?

Ist es nicht bezaubernd, sie an Prinz Marcels Seite zu sehen?

Wie anmutig sie ist!

Priscilla!

Hihihi, aber Prinz Marcel ...

Wenn du zu mir ins Schloss kommst, musst du dich um Hunger nicht mehr sorgen, Kind.

Das ist wahr. Aber nur dank dieses Umstands sind wir in der Lage, zu überleben.

Wie ein eigenes Land, was? Ein Land voller Dirnen, hehehe!

Jaja, nur noch ein paar Jährchen ...

Alles hier gehört dem König, nicht wahr?

... ist jedoch strengstens untersagt – das wisst Ihr.

In San Misa dürft Ihr für gewisse Stunden kaufen, wie es Euch beliebt. Sie zu besitzen ...

Hahaha!

... tun und lassen, was ich will!

Wenn ich erst mal König bin, gehört San Misa mir. Mir ganz allein, haha! Dann kann ich ...

Nein! Bind mich los, du Hexe!

Sträub dich nicht so, Balg! Du wurdest verkauft!

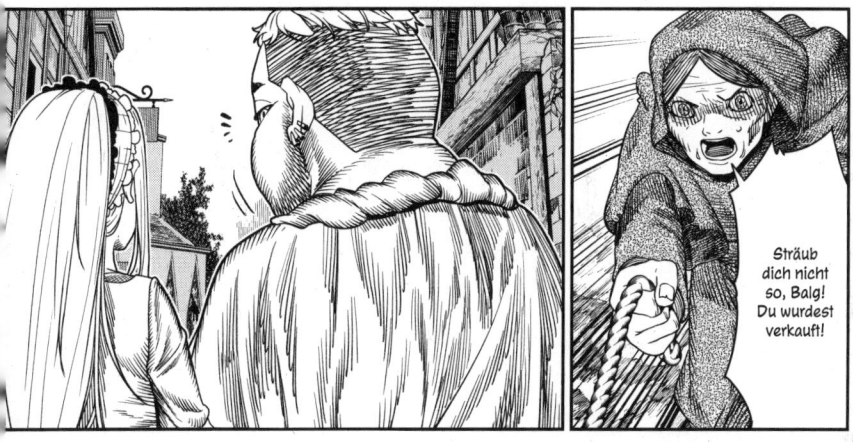

DOMPF

Bitte! Helfen Sie mir ...

Aah ...

Das verkaufte Töchterchen einer Armen, tseh ...

PAAAM

Ver-fluchtes Drecks-balg!

Ein Ort, an dem Frauen zu stumpfem Nutzvieh der menschlichen Triebe gemacht werden...

Doch sobald eine Frau diese Region betritt, kann sie nie wieder fort. Sämtliche Rechte, die sie außerhalb des Wallgrabens besaß, werden ihr in San Misa unverzüglich aberkannt.

San Misa ist bekannt als autonome Sonderregion.

SRRP

Es ist ein Gefängnis, in dem Frauen, die keinen Platz im Leben mehr haben, gezähmt und gezüchtigt werden ...

Ihr habt sie mit Gewalt übermannt.

Was?

Was hättet Ihr getan, wenn das Mädchen nach Eurem Leben getrachtet hätte?

PAH

Ihr als Mann von Stand und bekannter Gentleman dürft nicht so temperamentvoll handeln, mein Herr!

Pah, da ist nichts zu machen. So sind wir Männer nun mal.

Temperamentvoll ...?

Ja.

Genug davon. Gehen wir zurück.

Unglaublich, wie gefährlich die Stadt doch ist.

Und die Weiber werden mit straffer Hand an die Zügel genommen!

Wenn ich erst mal König bin, werde ich diesen Sündenpfuhl schon auf Spur bringen! Autonome Region hin oder her!

Können wir ihnen trauen?

Diese beiden haben wir ausgewählt.

San Misa gestattet jedem Freudenhaus zwei Torwächter.

Die Torwächter sind auch zu barsch und unfreundlich! Brauchen wir die überhaupt?

Ja ... Sie sehen uns Frauen nicht als Objekt der Begierde.

Für uns sind diese Männer wie ein Fels in der Brandung. Wir können ihnen uneingeschränkt vertrauen.

STARR

Widerliche
Kerle ...

Ich habe
etwas Wich-
tiges mit
Priscilla zu
besprechen.

Ihr wartet
unten in der
Taverne auf
mich.

Jawohl!

Hab's dir mal mitgebracht.

Hier, das ist es.

Oder wenn du so willst – wertvolles Wissen rund um die Reichen und Vermögenden im ganzen Land.

Ein Namensregister meiner gesamten Sippschaft in diesem Land.

Wirklich?! Wie lieb von Euch!

N-nein, es ist für meine Schwester.

Sie benötigt das Geld, um ihre Töchter zu ernähren ...

Und jetzt? Willst du ein paar bezirzen und zu deinen Stammkunden machen, oder wie?

Du tust das auch für dein Königreich Hari ...

POFF

... teil mir gefälligst mit, was du alles in Erfahrung bringst.

Die könnten in Zukunft durchaus meine Feinde werden, also ...

Natürlich. Wie Ihr wünscht, mein Herr ...

Also weiß es auch zu schätzen, Priscilla.

In dieser Hölle auf Erden, in der wir nur existieren, um zu überleben, weil wir unsere Körper an die Männer verkaufen ...

Was kann eine Frau auf dieser Welt schon ausrichten, wenn sie ganz auf sich allein gestellt ist?

Was würde meine Familie wohl über mich denken, wenn sie mich jetzt so sehen könnten?

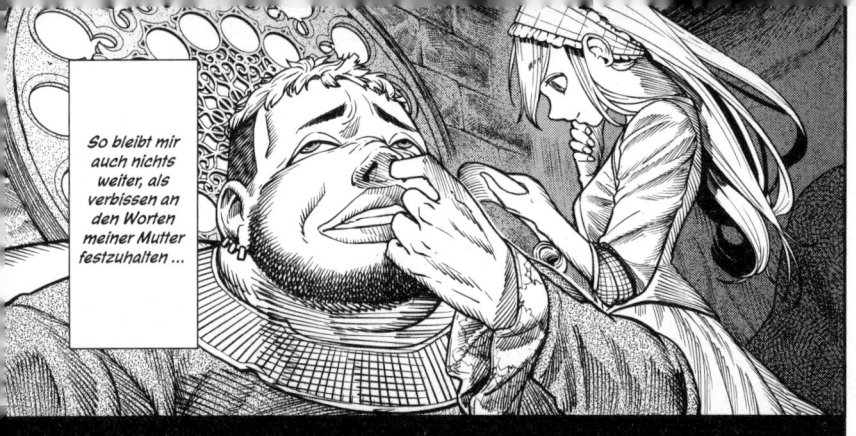

So bleibt mir auch nichts weiter, als verbissen an den Worten meiner Mutter festzuhalten ...

»Du musst leben, Kind!«

Nur aus diesem Grund habe ich die letzten sechs Jahre überhaupt ...

... über-lebt.

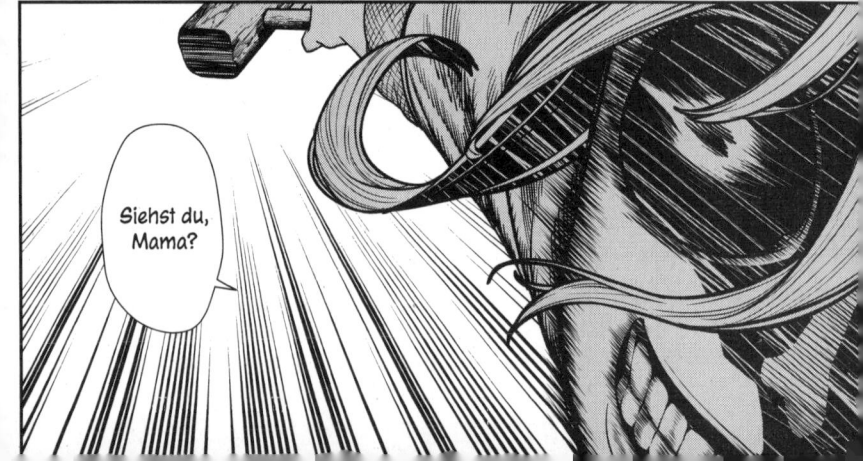

Siehst du,
Mama?

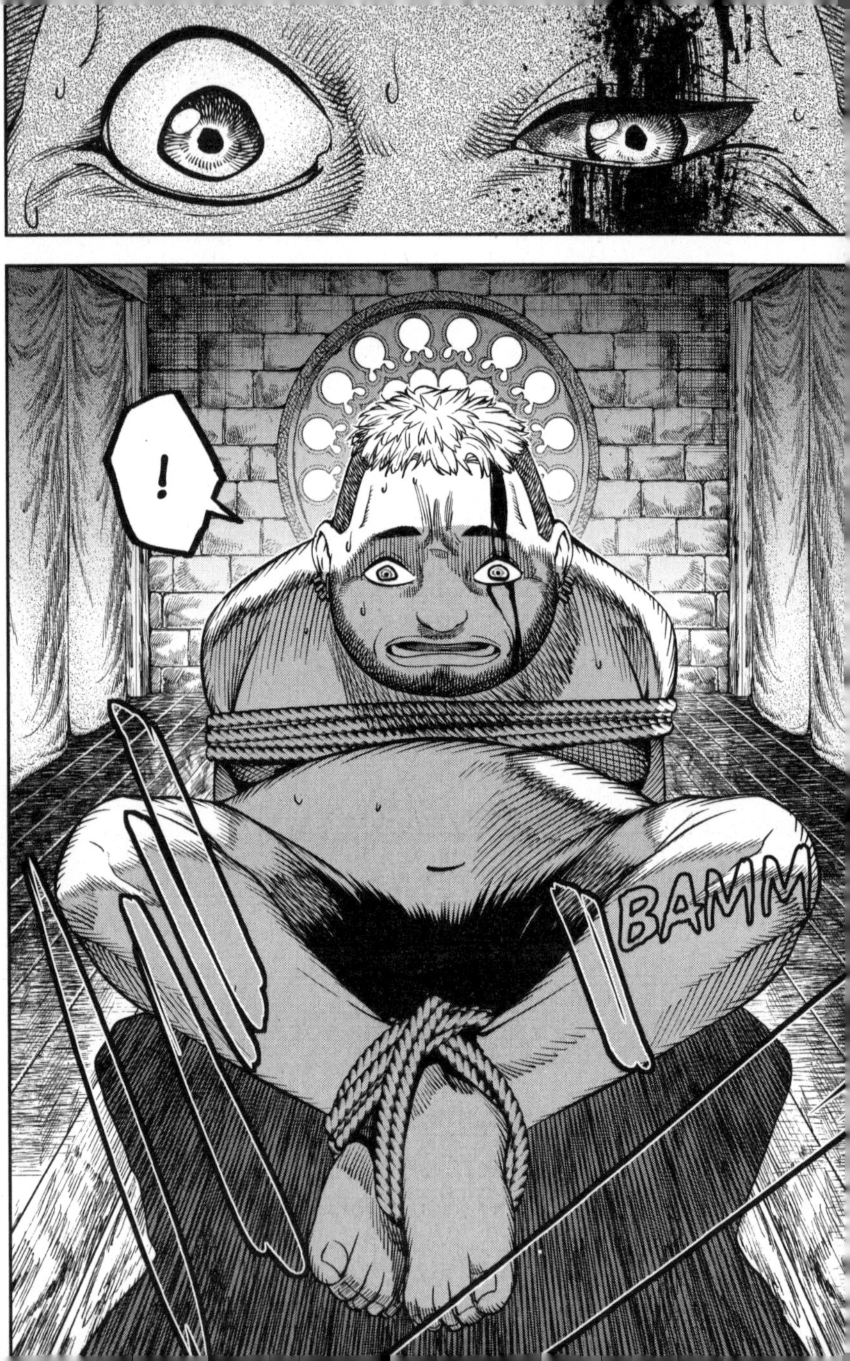
!
BAMM

Bitte! Versetzt mir doch nicht solch einen Schrecken! Wieso schreit Ihr mich auf einmal so an!

Kyaah!

Du dreckige Hure! Was hast du vor?!

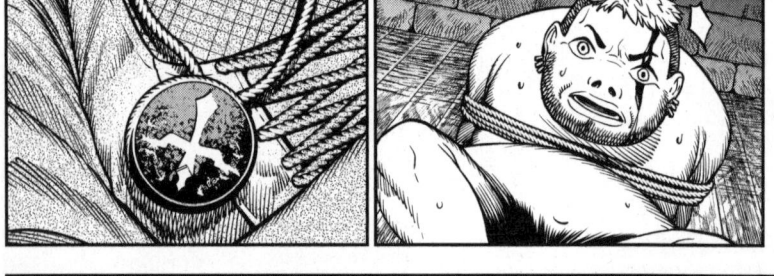

Bist du etwa eine Überlebende?!

Das ist das Wappen Batalias!

... Prinzessin Evita. Prinzessin eines zugrunde gegangenen Königreichs.

Ich bin die Tochter des Königs von Batalia ...

So ist es!

Oder sollte ich sagen, ich kann von Glück reden, hierher verkauft worden zu sein?

Eine normale Bürgerin glaube ich ja noch, aber ein Mitglied der Königsfamilie ...?

Prinzessin?!

Ich habe mich in San Misa versteckt gehalten.

Wisst Ihr, Prinz Marcel ... Mein innigster Wunsch ist es ...

... an der gesamten Sippschaft Haris und allen voran an einem Schwein wie Euch Rache zu nehmen für das, was Ihr mir und meiner Familie angetan habt.

Damit hatte ich nicht gerechnet.

Ich war überrascht, als mit einem Mal ein Anwärter auf den Thron wie Ihr, Prinz Marcel, hier aufgeschlagen seid.

... und auch die Informationen hier in San Misa waren eher spärlich gesät.

Jedoch kannte ich weder alle Namen noch die Orte, an denen meine Feinde sich aufhalten ...

Man musste Euch nur etwas schmeicheln und schon habt Ihr Euch um den Finger wickeln lassen.
Wirklich dumm von Euch, sich von einer Frau derart betören zu lassen.
Und nun ... am heutigen Tag ...

Morgen werde ich am meisten verdienen!

Ha-ha-ha!

He, das ist mein ...

Liebes, komm, trink!

Hier ist ein Attentäter aus Batalia!

Helft mir!

He! Helft mir! Ist da jemand?!

Helft mir gefälligst!

Mein ...!

Aaah!

Was willst du? Geld? Rache? Ich kann dir helfen ... Ich tue, was du von mir verlangst ...

Die ist völlig verrückt!

B-bitte ... lass mir mein Leben!

...

Hm? Was ist auf einmal mit Euch? So demütig kenne ich Euch gar nicht!

Bitte ...

WPP WPP

Ich binde Eure Beine wieder los.

Was hast du vor?!

Argh!

Was?

Wenn ich Euch allerdings erwische, werdet Ihr elendig zur Hölle fahren ...

Wenn es Euch gelingt, lebend und an einem Stück aus Eurem Haus zu entkommen, gewähre ich Euch Euer Leben. Dann seid Ihr frei.

Kya-ha-ha!

Hahaha! Noch mehr Wein?

Hey, wir könn...

...

Also auf, mein Prinz – spielen wir Fangen!

Du irres Weib!

3

2

Aus dem Weg!

DWOMPP

He! Ihr da!

... dass meine Leibgarde hier ist?!

DOMM

Aah, tut das weh!

Wollte diese Närrin mich vor allen in der Taverne an den Pranger stellen und umbringen?!

Weiß sie denn nicht ...

TRAPP

AAA

TRAPP

BWRACK

Aaaaah!

Wo sind meine Wachen?!

Helft mir gefälligst!

Prinz Marcel!

Sie ruhen sich gerade aus.

ARGH....!

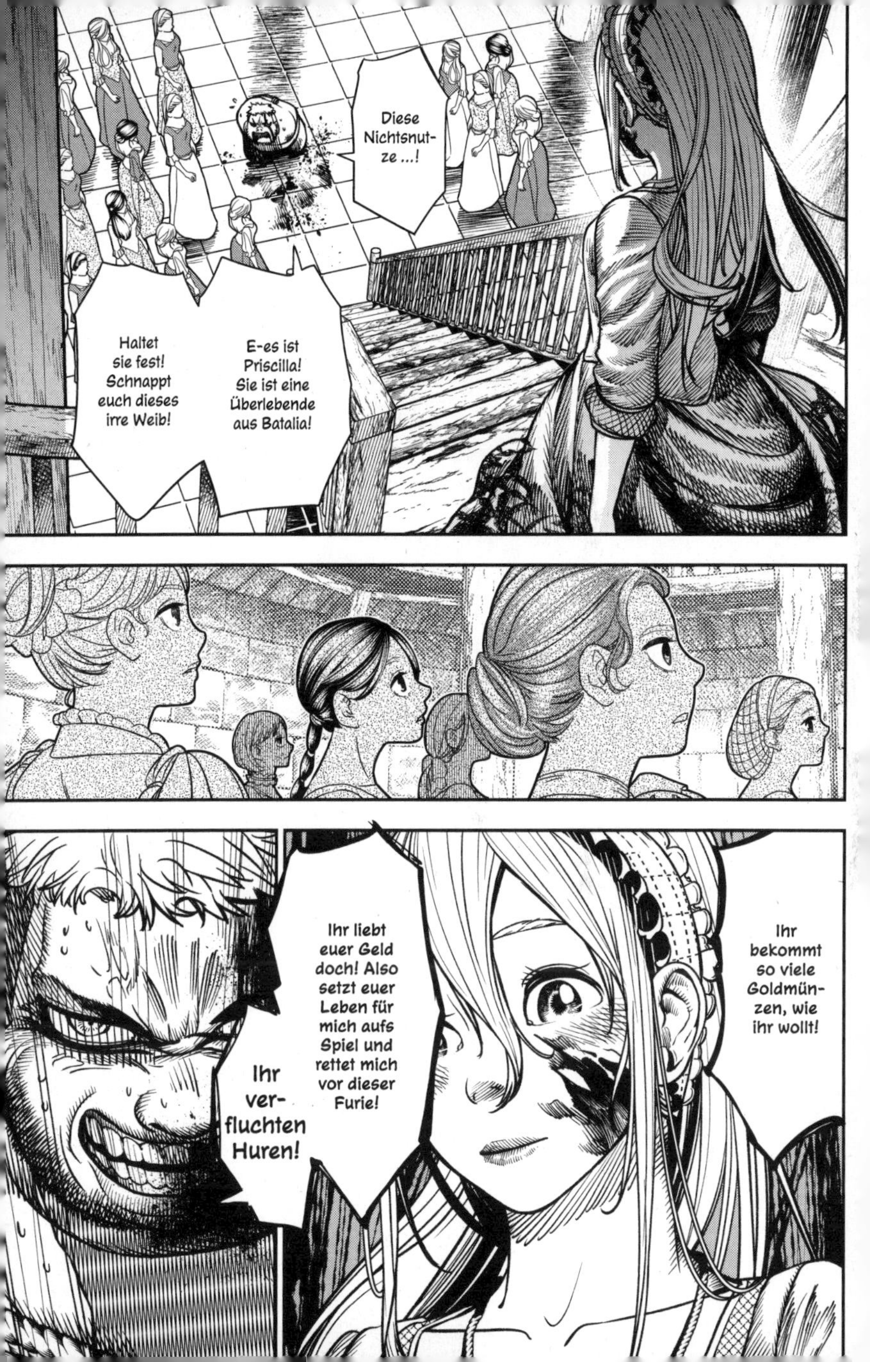

Diese Nichtsnut-ze ...!

Haltet sie fest! Schnappt euch dieses irre Weib!

E-es ist Priscilla! Sie ist eine Überlebende aus Batalia!

Ihr liebt euer Geld doch! Also setzt euer Leben für mich aufs Spiel und rettet mich vor dieser Furie!

Ihr verfluchten Huren!

Ihr bekommt so viele Goldmün-zen, wie ihr wollt!

FWSCH

Oder dass sie Euch ihre bedingungslose Liebe zuteilwerden ließen, nur weil Ihr reich seid?

Oh? Dachtet Ihr etwa, die Mädchen stünden auf Eurer Seite, mein Prinz?

Eure erbärmliche Fratze ist Witz genug! Mehr muss ich wohl nicht mehr sagen, Prinz Marcel ...

HIHIHIHI

Seid ihr etwa alle ...

So ist es.
Wir alle hier
sind Über-
lebende aus
Batalia.

Jede
Einzelne
von uns.

NGH

... mussten wir
die schlimmste
Hölle auf Erden
durchleben, bis
wir uns alle hier
wiederfan-
den ...

Denn es
gab keinen
anderen Ort,
an den wir
hätten gehen
können ...

Ihr Schweine
habt unsere
Männer getö-
tet und nur uns
junge Frauen
verschont ...
Tag für Tag ...

... wie
lebendiges
Vieh. Es war
Lady Priscilla,
die uns neuen
Mut und einen
Sinn zu leben
zurückgab ...

Sie
behan-
delten
uns ...

Und dieser Sinn heißt Rache!

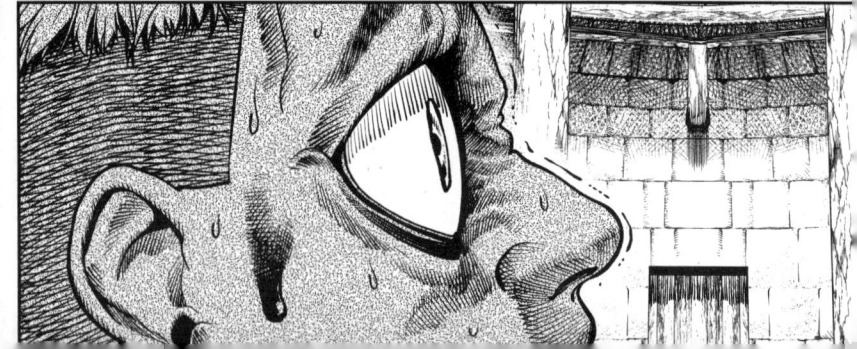

Und meine Wachen? Was ist mit ihnen?
Wo sind sie ...?
Oh, wenn Ihr Euch um Eure Wachen sorgt ... Die sind dort hinten ...
Aah!
Uuuh!
Aagh!
Aah!
B-bitte ... Ich tue alles, was ihr verlangt ...
Aber ich bitte euch ...

Oh Gott!

Es gibt
keinen
Gott.

Wir haben alle Informationen, die wir brauchen.

FLAPP ペラ

Ja, natürlich.

Dann werden wir Euren Plan also wirklich in die Tat umsetzen?

Denkt Ihr, es war richtig, Prinz Marcel am Leben zu lassen?

Wir wollten ihn umbringen ...

!

Das junge Mädchen, das er heute Mittag ...

... getreten hat, ist verstorben ...

Wir müssen ihn bestrafen!

Findet ihr das nicht schrecklich?!

... und ich lasse nicht zu, dass jemand sich durch den Tod einfach so davonstiehlt ...

Unsere Welt ist eine Hölle ...

Darum habe ich ihn am Leben gelassen.

Einst Prinzessin eines Königreichs und heute die begehrteste Hure des Landes.

Mitunter nannten sie sie eine teuflische, berechnende Frau.

Einige sprachen von ihrer sanften und wohlwollenden Art, während sie andere als kalt und unnahbar beschrieben.

... und ein grausames Massaker über das gesamte Reich bringen.

... wird sie das gesamte Land in einem Meer aus Blut und Tod ertrinken lassen ...

Getrieben von den Rachegelüsten ihrer Familie und Verbündeten ...

... dass Prinzessin Priscilla, die Prinzessin der Huren, in ihrem wahren Wesen stets ein Rätsel blieb. Ein Buch mit sieben Siegeln, dessen Inneres bis heute niemand kennt.

Danach werden ihre Gefährten sich erzählen ...

Im Herzen des König-reichs Hari gibt es ein Freuden-viertel ...

Kapitel 2 Schmerz

... vom verführeri-schen Glanz der hübschen Frauen ...

... namens San Misa. Tag für Tag strömen lüsterne Männer in Scharen dorthin, angelockt ...

He, mach mir mal 'n guten Preis, Mädchen ... Dann bin ich auch ganz lieb zu dir.

Nein, danke.

Danke dir.

Ich hatte heute auch nur zehn.

Lady Priscilla, es sind keine Gäste mehr da.

Was seht Ihr Euch da an, wenn ich fragen darf?

Ja. Ein Großteil der Männer ist in den Krieg gezogen.

Es ist ruhiger geworden.

Ein Stadtstreicher sitzt vor unserem Haus. Ich hatte überlegt, ihn zu bitten, woanders hinzugehen.

Sie werden wohl in wenigen Tagen zurückkehren, aber ich möchte mir gar nicht ausmalen, in welchem Zustand.

82

Was wollt Ihr tun?

Es wäre sehr ungünstig, wenn der Königspalast das Bordell in Augenschein nähme ... Zumal auch Prinz Marcel ...

... eingesperrt ist.

Es versammeln sich schon Schaulustige.

RAUN ザワ ザワ RAUN

!

Was hat ein streunender Hund wie du mit Lady Priscilla zu schaffen?!

Sag ... Lebt hier eine Dame namens Priscilla?

Was wünschst du von mir?
KLACK
Lady Priscilla!
?
Oh, das ist Priscilla!
Die …?
Die berühmteste Hure in ganz San Misa.
Prinz Marcel hat wohl auch ein Auge auf sie geworfen.
Es heißt, sie verdiene eine Goldmünze pro Nacht.
Eine Goldmünze? So viel verdient kein Kerl, der einen Monat im Krieg war …
Seht nur, wie sie auf den Bettler herabschaut!
Drecksadel!

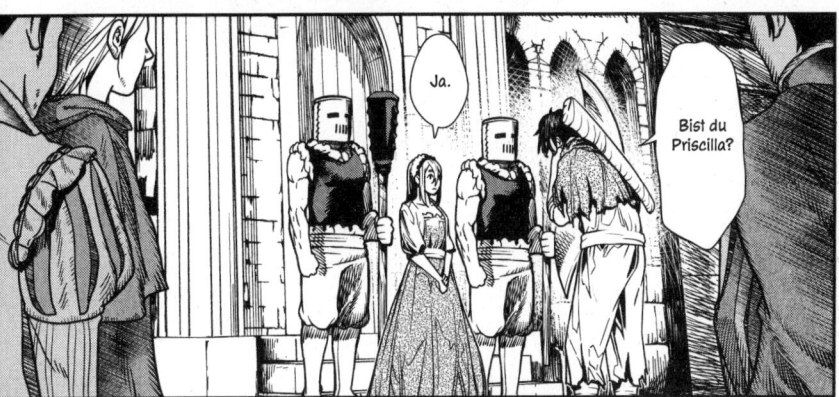

SST

マブ
FWSCH

Zwanzig Goldmünzen. Ich möchte, dass du mir dafür etwas Gesellschaft leistest.

KLING

Aber was geht mich das an ...

Das ist kein Bettler! Ist er ein Dieb?

Zwan-zig?!

Bitte, komm herein.

Das ist mehr als reichlich.

Und bist du zum ersten Mal in San Misa?

Diego.

Darf ich deinen Namen erfahren?

Ja ...

Das musst du nicht tun ... Das gefällt dir nicht, oder?

Du bist ...
so schön
warm ...

So
lebendig
...

Ich kann
deine
Wärme
spüren ...

!

Hihihi!

Tat das weh?

Ich bin quickle- bendig ... Und du ...

GNAPP

90

... bist es
auch.

... hast du je
daran gedacht,
von hier zu
fliehen?

?

Sag
...

91

Vor allem können wir nie sicher sein, welches grausame Schicksal uns ereilt, sollten die Soldaten uns draußen erwischen ...

Wir Dirnen haben nicht das Recht, außerhalb San Misas zu speisen oder uns zu vergnügen.

Sie könnten uns zwingen, mit ihnen zu gehen, um den Kameraden an der Front ein wenig Ablenkung zu verschaffen.

Du hast etwas gut bei mir.

... Dirnen an der Front ... Und alles nur für ein wenig Spaß.

Ja ... Das wäre ihnen zuzutrauen ...

Ob er auch ein Soldat ist ...?

Ich be-
gleite dich
noch nach
draußen.

Das Geld,
das du mir
gegeben
hast ... Ich
brauche
es nicht.

Ich hab
dir meinen
gesamten
Sold über-
lassen.

Hier
sollte es
sicher
sein.

Ja.

Oh, eine
Sache noch,
Diego ...

Das habe
ich mir
als Soldat
verdient.

Wie? Dein
ganzes
Vermögen?

Aber:...

Wenn ich
eine Art von
Menschen
nicht aus-
stehen kann,
dann sind es
Soldaten...

Also
doch ein
Soldat!

... irgendwie
wirkte er
überhaupt
nicht so ...

Hahahaha! Du alter Haudegen! Dass du's wirklich machst! Das ist doch ... diese Priscilla, oder?!

GRAPPSCH

Na, na! Strampel nicht so, Kleine!

Priscilla hin oder her, mir scheißegal ... Wer so blöd ist, allein durch die Stadt zu schlendern, braucht sich nicht zu wundern!

Aber keine Angst ... Wir bringen dich nicht um, Weib! Wir borgen uns nur deinen Körper!

?!

Zieh sie weiter in die Gasse rein!
Ja.
Wer will zuerst ran?
Egal!
Nnngh!
BWACK
Jetzt hab dich nicht so! Bist selbst schuld! Sitzt auf deinem hohen Ross und bildest dir sonst was ein! Drecksadel! Aber uns, den Pöbel, guckt ihr ...
... mit dem Arsch nicht an! Pah!
Ihr seid nur dreckige Huren ...

Dachtet ihr etwa, ihr bekämt die begehrteste Frau der Stadt einfach umsonst?
So dumm kann nur der dreckige Pöbel denken!
FWSCH
Du kleiner Bastard!
Ihr seid mir vorhin beim Bordell schon aufgefallen!

DWOSCH

GWOCK

... wie euch hab ich auf dem Schlachtfeld zur Genüge gesehen ...

Ab-
schaum
...

... was für miese Dreckskerle sie sind.

Solche wie ihr würden nicht mal im Tod begreifen ...

Aah! Bitte töte uns nicht!

TSCHACK

Verzieht euch ...

Was?

SWFF

Außerdem hab ich das Töten längst aufgegeben ...

Für Stümper wie euch sind mir meine Kugeln zu schade.

HIIIH

Ich wollte mein ganzes Geld verprassen, um mit der bezauberndsten Frau San Misas eine Nacht zu verbringen und danach den Freitod zu wählen ...

Und je älter ich wurde, desto mehr Feinde konnte ich töten ...

Ich war stolz, weil ich dachte, ich täte das alles für mein Königreich.

Es war die einzige Art zu leben, die ich kannte.

Was?

Seit meiner Jugend töte ich Menschen auf dem Schlachtfeld.

Doch dann wurde mir klar, dass ich im Grunde nichts weiter als ein Mörder war ... Ich habe Menschen umgebracht ...

Als mir das klar wurde, konnte ich meine eigene Abscheulichkeit nicht mehr länger ertragen!

Ich raubte den Menschen ihr Leben und ihren Familien ihre Zukunft!

... kann ich auch nicht länger als Soldat leben ... Und darum ...

Doch wenn ich niemanden mehr töte ...

Weil du kein Soldat mehr sein kannst, willst du sterben?

?!

Bist du völlig verrückt ?!

CHARIN
SCHEPPER

Wegzulaufen und den Tod zu wählen, ist feige.

Ob du nun Soldat bist oder nicht, spielt keine Rolle ...

Kannst du nicht ein anderes Leben führen?

Denk nach!
Selbst, wenn du für dich allein stirbst, ist dadurch niemandem geholfen!
...

Aber ...

Es bringt nur Unglück.

Ich brauche dein Geld nicht.

Was?

... ich habe eine letzte Bitte an dich.

... unter keinen Umständen zurück nach San Misa ...

Komm bitte ...

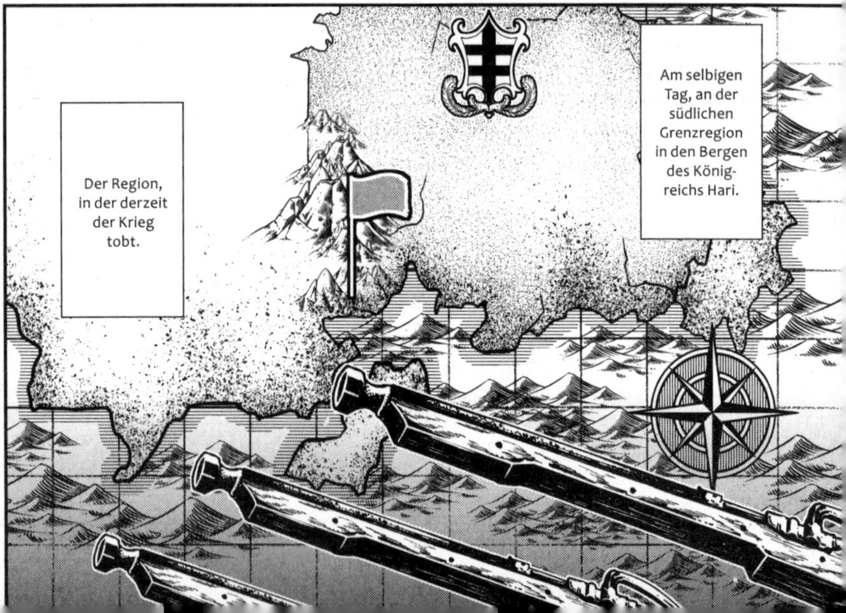

Am selbigen Tag, an der südlichen Grenzregion in den Bergen des Königreichs Hari.

Der Region, in der derzeit der Krieg tobt.

GWUPP

BLOOD
CRAWLING
PRINCESS

Ihr alle habt tapfer gekämpft und gemeinsam hat unser stolzes Königreich Hari auch in diesem Krieg den glorreichen Sieg errungen!

Der König wird äußerst erfreut darüber sein!

TROTT
TROTT
TROTT

Kyaaaah!

Wir werden den Heimweg antreten!

Packt ein, was nötig ist, und verbrennt die Leichen!

Herrschaftsgebiet
des Königreichs Hari

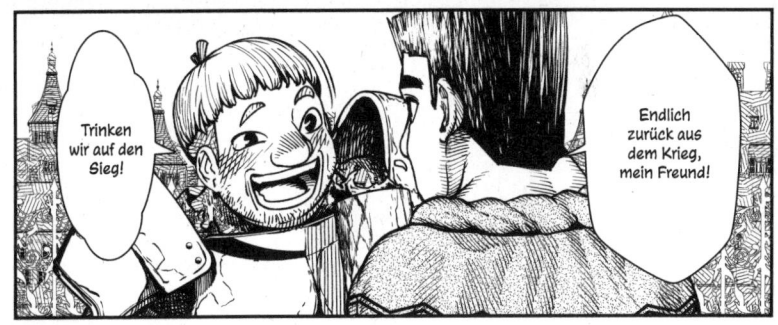

Trinken wir auf den Sieg!

Endlich zurück aus dem Krieg, mein Freund!

Aber ja ... Wer sind wir schon, hier große Reden zu schwingen, hm?

Ja ... Blöd nur, wenn alle auf einmal zurückkehren. Die Vorhut allein umfasst schon gut tausend Mann ...

Pff! Die sollten sich lieber mal bei ihrer Sippschaft blicken lassen, jetzt, wo sie endlich zurück sind!

Hahahaha! Da sagst du was!

Wir kommen zurück von der Front und gehen sofort nach San Misa, um uns mit unserem hart verdienten Geld ein paar Weiber zu kaufen!

ガヤ RAUN

ガヤ RAUN

Jaja, hab's kapiert ...

Nein, wir müssen uns beeilen ... Sieh's dir doch an.

Ach, komm! Ein Krug geht noch!

Wir sollten auch langsam los.

Aber es ist in jedem Freudenhaus dasselbe ...

ガヤ RAUN

ガヤ RAUN

ガヤ RAUN

Hier hinten wird's immer voller, beeilt euch mal!

He! Bleibt in der Schlan-ge!

Die Weiber sollen die Frei-er zügiger abspeisen, verdammt noch mal!

Was? Wie war das eben?!

Bitte ... Nur eine kurze Pause ...
Ich bin grad erst angekommen!

Ihr seid heute schon der einundvierzigste, mein Herr ... Bitte, habt ein wenig Nachsicht mit mir ...
Ich zahle Euch auch alles zurück.

Meine Schenkel ... schmerzen so sehr ...

Es tut mir leid ...

Hä?! 40 oder 41, wen kümmert's schon!

Hast du 'ne Vorstellung davon, wie lang ich anstand?

...

BWOCK

Was interessieren mich deine Schenkel, du Miststück!

Dann macht bitte, dass es schnell vorbeigeht ...

Was glaubst du, was ich hier tue, du dummes Stück Fleisch?!

Sagt, was sind das für Mädchen?

Gören aus der Stadt, die wir angegriffen haben.

Ha! Wo denkst du hin?! Die sind alle freiwillig mitgekommen, nachdem ich ihnen gesagt hab, „Wer sich gut um unsere Soldaten kümmert, kann sich 'ne goldene Nase verdienen!" ...

Wurden sie gewaltsam mitgenommen?

Wer ermöglicht euch Regierungsbeamten denn ein gutes Leben, hä?

He! Was weißt du schon von Besatzung? Spar dir dein Gerede!

Ohne offizielle Erlaubnis werden keine Frauen aus feindlichen Gebieten entführt! Gerade während einer Besatzung wird das Nationalgefühl eines Volkes oft zur Fessel eines anderen!

Es wäre nur rechtens ...

Da siehst du, wie viel Frust und Druck sich in uns aufstaut!

Guck dir die Schlange vorm Bordell doch mal an!

Wir! Die Soldaten, die für euch auf dem Schlachtfeld ihr Blut vergießen und fremde Territorien einnehmen!

Ist es nicht so?!

Wenn wir uns nicht mal bei den Weibern des Feindes abreagieren können, wie sollen wir's denn dann anstellen, hä?

Und? Ist es uns etwa nicht gestattet, in einer Stadt unseres Landes ein bisschen Dampf abzulassen, hm?

Es tut mir auch leid, wenn ich dir hier Ärger bereite ...

Kannst du nicht einmal ein Auge zudrücken, sag?

Das verstehe ich ja durchaus, nur ...

... um das angestaute Blut da unten zu beruhigen ...

Wir brauchen noch weit mehr Weiber in San Misa ...

... aber ein schlaues Kerlchen wie du wird's doch verstehen, oder?

Wir brauchen das einfach!

GRINS

Hah, ich fühl mich wie neugeboren. Tut mir leid, dass du warten musstest, Bruder.

Lady Priscilla, ich überbringe Euch ein Schreiben ...

H‖‖FWFF

KLACK ガ″

Es handelt sich um die Antwort aus dem Imperium Slakoni.

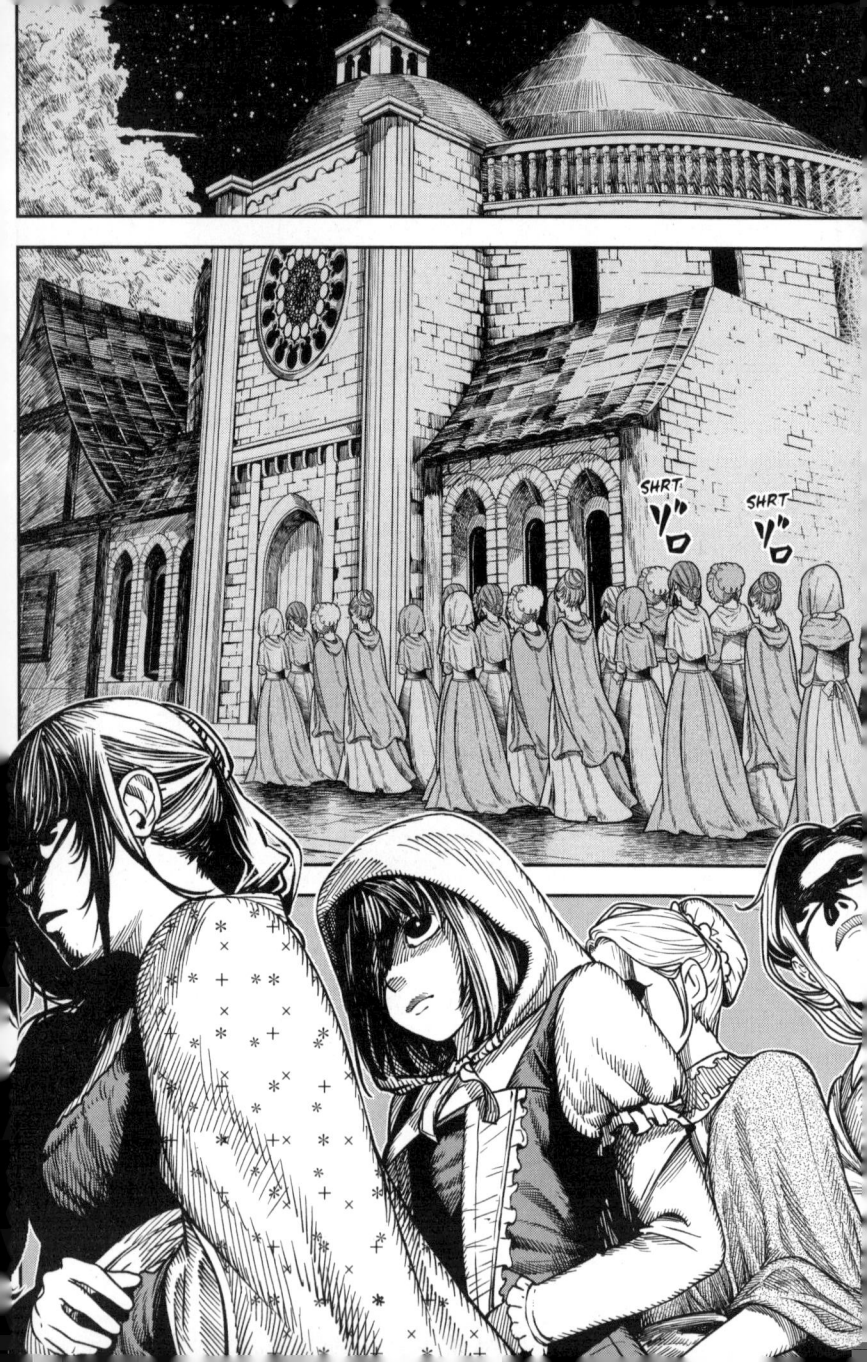

Ah ... ja. Ein schwieriger Freier.

Ihr seid ja alle früh da.

Dein Gesicht ...?

Als er unser Haus verließ, ist er direkt panisch geworden und hat überall danach gesucht. Hihihi ...

Und das Kurzschwert? Sieht schön verarbeitet aus ...

Das habe ich einem Soldaten gestohlen.

... ist perfekt, um den widerlichen Schweinen die Kehle aufzuschlitzen.

Ich denke, dieses kleine Schmuckstück ...

... ein aller-
letztes Mal
durchzugehen
und die Fein-
heiten unseres
Unterfangens zu
besprechen.

FWAFF

Wir Frau-
en werden
San Misas
Untergang
besiegeln!

Heute
Nacht
ist es
so
weit:

Zuallererst
möchte
ich eine
Bestands-
aufnahme
von euch.

Für den Fall der Fälle haben wir auch den Jüngsten unter uns Waffen ausgehändigt, damit sie sich verteidigen können.

Mit all den Sachen, die wir im vergangenen Jahr gestohlen haben, sind wir imstande, uns weitestgehend auszurüsten.

35 Dolche, 10 Schwerter, 13 Bögen, 5 Rüstungen und eine Handvoll Giftphiolen.

Unsere Mitstreiterinnen in den einzelnen Häusern sind ebenfalls bewaffnet und einsatzbereit zur Stelle.

Mit einem gezielten Angriff können wir alle Männer in San Misa aus dem Weg räumen ...

... und somit eine gewaltige Schlagkraft.

Wir sind ungefähr 530 bewaffnete Frauen ...

Ein Großteil davon ist bereits betrunken oder lässt sich von einem der Mädchen unterhalten.

Im Moment verweilen noch etwa 100 Männer in San Misa.

Sehr gut ...

Es gibt eine Sache, die äußerst wichtig ist und die ihr unbedingt im Gedächtnis behalten müsst ...

Dann lasst mich noch ein letztes Mal den groben Ablauf unseres Plans erklären.

... ab-schlachten.

Heute Nacht, wenn die Glocken der Turmuhr schlagen, werden wir alle Männer in San Misa und ihre Begleit-personen ...

Selbstverständlich wird es uns nicht möglich sein, uns auch den Soldaten des Königreichs entgegenzustellen.

Das Königreich wird sicher schon mit Tagesanbruch Truppen nach San Misa aussenden, wenn sie merken, dass ihre Männer nicht aus der Nacht zurückgekehrt sind.

Wenn ihr die Glocke hört, kommt zu unserem Haus und versammelt euch hier.

Bevor die königlichen Truppen also in San Misa einrücken, werden wir ein weiteres Mal die Glocken läuten.

In den letzten Jahren haben wir geheime Tunnel ausgegraben, die mit den unterirdischen Gängen San Misas verbunden sind.

Über diese Tunnel wird uns unsre Flucht gelingen!

Danach setzen wir die gesamte Stadt in Flammen und verbrennen alle übrigen Soldaten und die Truppen, die bis dahin einmarschiert sind!

Ähm, Lady Priscilla ...

... werden wir längst über alle Berge sein.

Sobald die Brände gelöscht sind und die Behörden herausfinden, dass wir durch die Tunnel fliehen konnten ...

... ist die Wahrscheinlichkeit relativ gering, dass sie uns schnappen.

Gewiss, es bleibt ein Risiko und wir können nur das Beste hoffen. Aber selbst, wenn die Soldaten die Tunnel entdecken und die Verfolgung aufnehmen, denke ich ...

Wenn nun aber das Königreich Hari auch Kenntnis über diese Tunnel besitzt, könnte es nicht passieren, dass wir hinterrücks von den Soldaten überrascht und geschnappt werden?

Da es auch mehrere Ausgänge aus den Höhlen gibt, werden sie nicht voraussehen können, welche Route wir einschlagen ...

Es gibt unzählige enge Passagen, durch die wir mit unserem Körperbau besser passen als die Männer. Die werden es schwer haben.

Die Tunnelausgänge haben wir über die letzten Monate ausgiebig erkundet ...

Wir gehen an Bord und flüchten in das Nachbarland, in dem ich um Asyl bat.

In der Bucht werden bereits drei größere Handelsschiffe auf Prinz Marcels Namen für uns vor Anker liegen.

Nach einem etwa zehnstündigen Fußmarsch erreichen wir schließlich das Meer.

Ein Land, mit dem auch mein Vater, der König Batalias, in enger Beziehung stand ...

Heute erhielt ich eine Antwort des Imperiums, bei dem ich um Bleiberecht verhandelt habe.

Wenn es uns gelingt, das Meer unversehrt zu überqueren, können wir endlich leben!

... das Reich Slakoni.

Ein Kontinent weit hinter dem südlichen Meer ...

Zwar waren sie anfangs skeptisch, was meinen Stand und meine Herkunft anbelangte, und auch von meiner Bitte um Asyl wollten sie nichts wissen ...

Doch es hat sich ausgezahlt, trotz der strengen Zensur in San Misa und der ständigen Gefahr, entdeckt zu werden, wieder und wieder Briefe an das Imperium Slakoni zu verfassen.

Sie sind so gütig und werden uns Zuflucht gewähren!

Dank sei dem König Batalias ...

Lady Priscilla ...

Dürfte ich eine Sache anmerken?

Wenn jemand von euch Fragen hat oder nicht einverstanden damit ist, möge sie jetzt vortreten.

So lautet also unser Plan.

So können sie sicher sein, ein zumindest einigermaßen erträgliches Leben zu führen.

Und es gibt nicht wenige von uns, die aus Angst vor der Zukunft oder dem Tod freiwillig hierbleiben wollen.

Ähm ... Ich wollte nur sagen, alle Mädchen und Frauen, die bisher versucht haben, aus San Misa zu fliehen, wurden von den Soldaten geschnappt und irgendwohin verschleppt ...

Soweit ich weiß, werden die verschleppten Mädchen in einem Freudenhaus am Flussufer San Misas gefangen gehalten.

Mehr Zugeständnisse kann ich dir leider nicht machen.

Die Wahrscheinlichkeit ist gering, dass das Feuer bis dorthin gelangt ... Und falls doch, besteht immer noch die Möglichkeit, sich durch einen Sprung in den Fluss zu retten ...

... und der auch der Grund ist, weshalb ich euch heute hergebeten habe.

Aber es gibt noch einen anderen Weg, der euch allen freisteht ...

Ein anderer Weg?

Und zwar ...

Ein Weg, der es uns auch erlaubt, auf die gefährliche Meeresüberquerung zu verzichten ...

... und niemand sterben muss ...

Ja, ein Weg, bei dem San Misa nicht den Flammen geopfert werden ...

... in die Tat umsetzt oder eben nicht.

... eure Wahl. Ob ihr mit mir gemeinsam den Plan ...

Ich möchte, dass euch klar ist, dass wir mit diesem Vorhaben nicht einfach nur einen Aufstand anzetteln und zur Meuterei aufrufen ...

Ja ... oder nein ...

Sicher ... Wenn wir nichts tun, wird alles so bleiben, wie es ist.

Die Bestien dieses Landes überfallen andere Länder, plündern und reißen alles an sich. Sie behaupten, es diene der Ordnung des Landes und des Militärs, dass sie die Frauen ihrer Feinde zu Prostituierten machen und sie für ihre niederen Gelüste missbrauchen!

Meiner Mutter erging es genauso ...

Es herrscht vielmehr pures Chaos! Sie entführen, vergewaltigen, beschimpfen und misshandeln auf brutalste Art und Weise!

Aber die Realität ist eine andere! Die Ordnung unter den Truppen wird mitnichten dadurch aufrechterhalten!

Das Schicksal all jener, die andere Menschen wie Objekte betrachten und ihnen keinerlei Wert beimessen, soll in dieser Nacht besiegelt werden!

Ich will der Welt zeigen, dass diese Freudenhäuser keinerlei Zweck erfüllen und ganz sicher keine Freude hervorbringen!

Darum werden wir San Misa zu Fall bringen!

Und alles, was darauf folgt ...

GNNHT

... wird meine persönliche Rache sein!

Hihihi!

Hierzubleiben ist, als würde man einen ewigen Tod erleiden ...

Weshalb seid Ihr hier-hergekom-men, Lady Priscilla?

Hm?

Auch wenn der Tod nicht garantiert ist.

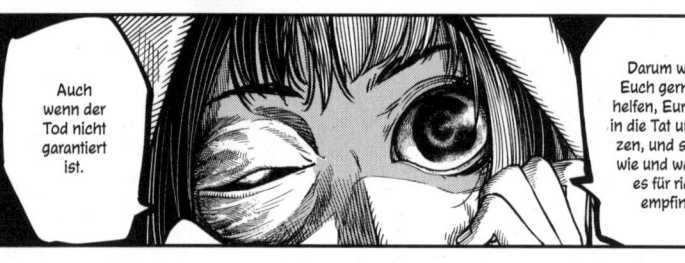

Darum will ich Euch gern dabei helfen, Euren Plan in die Tat umzuset-zen, und sterben, wie und wann ich es für richtig empfinde.

Sollte ich wirklich über-leben, kann vielleicht auch mein Traum dann endlich in Erfüllung gehen!

Und noch etwas!

Das ist richtig ...

Ja!
Sie hat
recht!

Ich bin
dafür,
dass wir
den Plan
in die Tat
umset-
zen!

Ja, stimmt.
Wenn wir
alle dasselbe
Schicksal teilen,
dann möchte ich
auch lieber einen
Traum im Herzen
haben!

Wenn hierzubleiben
nichts anderes ist,
als im Grunde Tag
für Tag zu sterben,
dann brauchen wir
auch keine Angst
zu haben!

Nicht
wahr?

Ihr wart stets mein Halt, Lady Priscilla. Allein durch Eure Anwesenheit konnte ich neue Hoffnung schöpfen. Nachdem Batalia überfallen ...

Ich wusste von Anfang an, dass dies der richtige Weg ist!

Ich kämpfe an Eurer Seite, Lady Priscilla!

... in die Hölle wagt, will ich Euch mit einem Lächeln im Gesicht folgen ...

Ihr habt mir gezeigt, dass das Leben lebenswert ist ... Wenn Ihr Euch also ...

... und ich in dieses Bordell verschleppt worden war, hatte ich beinahe jeglichen Überlebenswillen aufgegeben ... Doch Ihr wart da und habt mich aufgefangen!

... aber dass Ihr es sogar geschafft habt, Prinz Marcel zu Eurem Sklaven zu machen, ein Schiff und einen Fluchtweg für uns gefunden habt, und ein Land, in dem wir Asyl finden können, auf unsre Seite ziehen konntet ... Das spricht nur für Euch, Prinzessin ...

Als ich vom Plan hörte, dachte ich, er sei viel zu waghalsig und riskant ...

Wir vertrauen auf Euch!

Wir fühlten uns machtlos und dachten, wir könnten nichts an unserer Lage ändern!

Wir stehen Euch zur Seite, Lady Priscilla!

Ich auch!

Ich möchte auch die Liebe er-fahren!

Ich möchte auch einen Traum haben!

Bitte stellt mich doch nicht vor so eine schwere Wahl!

Gemein-sam schaffen wir es!

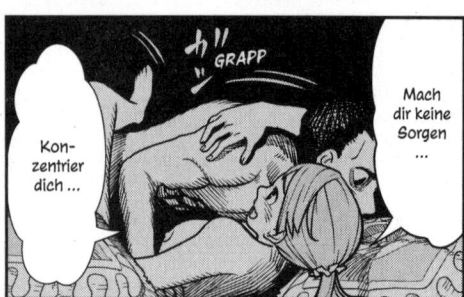

Kon-
zentrier
dich ...

Mach
dir keine
Sorgen
...

DING

DONG

Die Glo-
cken? Zu
so später
Stunde?

DANG

... auf
mich.

!

150

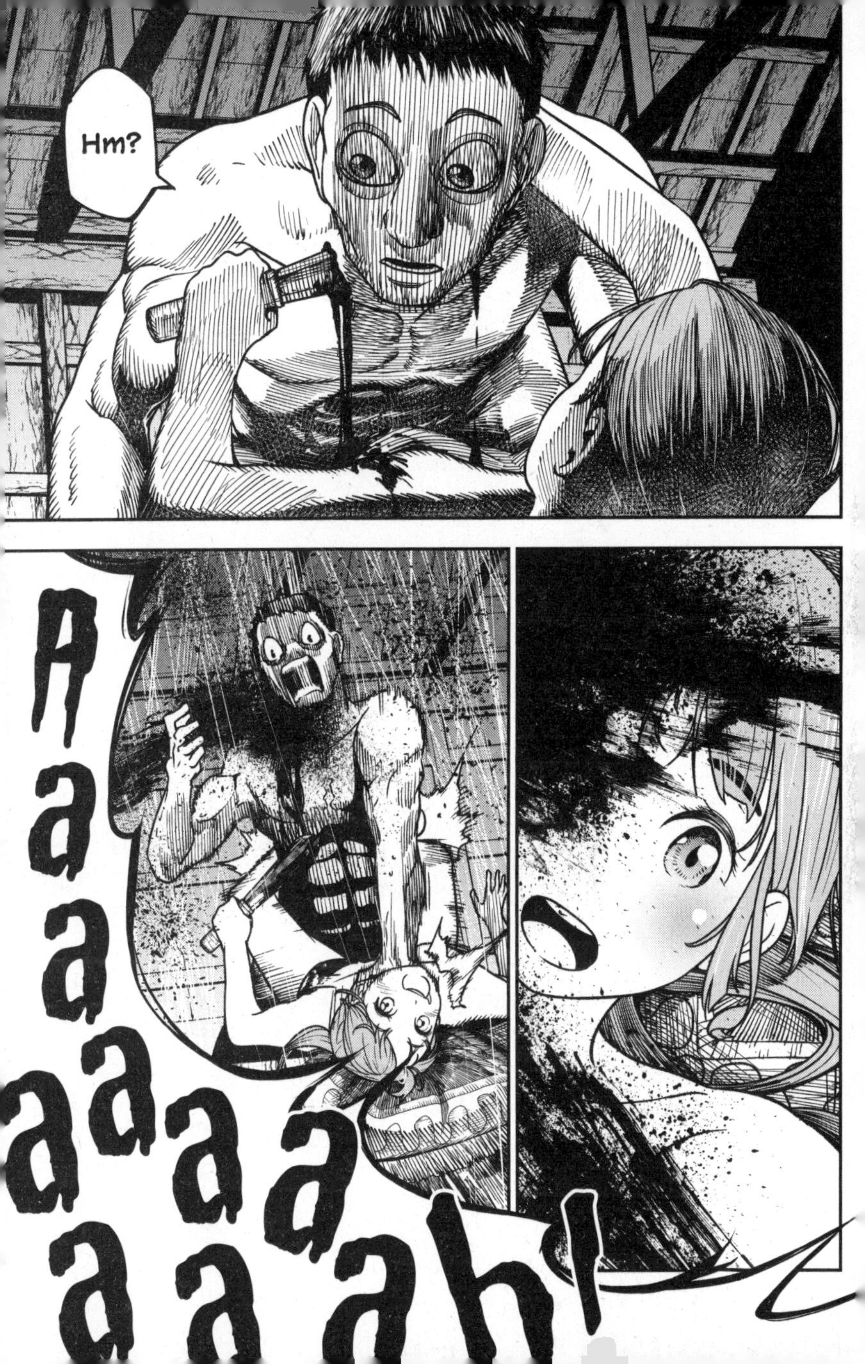
Hm?
Aaaaaaaaaaah!

BLOOD CRAWLING PRINCESS

Kapitel 4 Aufbruch

Argh ...
Was ... zur
Hölle ...

Argh ...
aaah ...

L-los,
bring ihn
um!

U-um-
bringen?!

Bitte ...
verschont
mich ...'

!

Aaaaah!

SLASH

SLASH

Gib
her!

Lasst mich los!

H-Hilfe! Helft uns doch!

Aaah!

Bitte nicht!

Tut das nicht ... Ich bitte euch!

Tut uns schrecklich leid, aber für Erklärungen ist ...

Weshalb ... macht ihr das überhaupt? Geht es um Geld?

... keine Zeit!

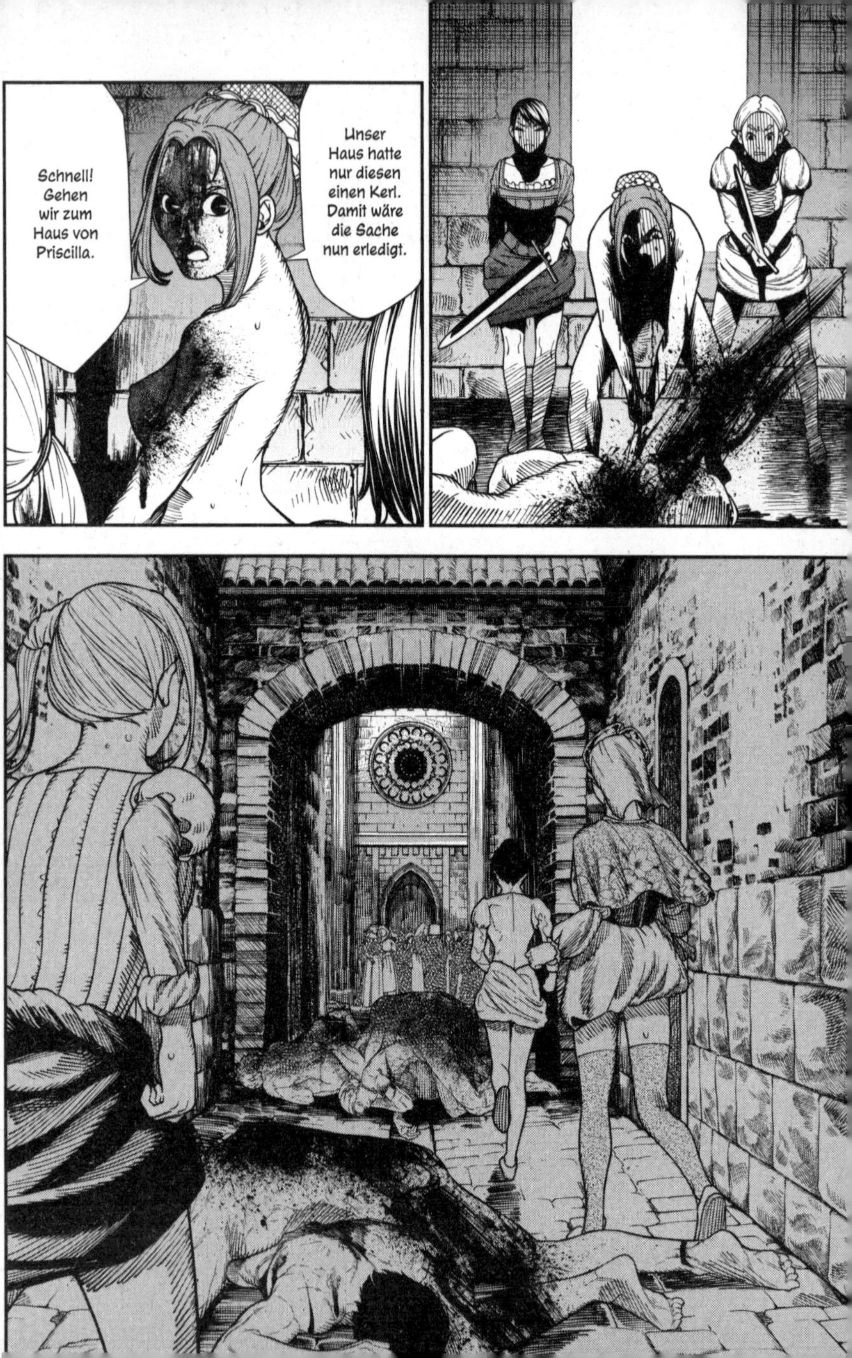

Schnell! Gehen wir zum Haus von Priscilla.

Unser Haus hatte nur diesen einen Kerl. Damit wäre die Sache nun erledigt.

In San Misa halten sich etwa 100 Männer auf. Doch wir sind 500!

Die Mädchen von dort werden schon bald zu uns stoßen!

Lady Priscilla, es gibt keinen Grund zur Sorge.

Um sicherzugehen, schicken wir trotzdem noch einige von uns nach Westen und Osten.

Wenn immer fünf von uns einen Mann überwältigen, sollte es doch gehen ...

?

Wir dürfen das Wesentliche unseres Vorhabens nicht aus den Augen verlieren!

Was redest du?!

Anders wird es uns nicht möglich sein, von hier zu verschwinden!

Ein kurzer, entschlossener Kampf!

Um unbemerkt zu fliehen, müssen wir alle Männer, die sich noch in San Misa aufhalten ...

... töten, und danach die Stadt in Brand setzen.

Ablenkung

Ablenkung

Die Truppen, die zur Verstärkung anrücken, werden die brennende Stadt nicht einfach so betreten können. Sie werden annehmen, dass wir alle dem Feuer zum Opfer gefallen sind.

Sobald San Misa in Flammen steht, wird das nicht nur die ganze Nation, sondern auch die Soldaten und die normale Bevölkerung ablenken.

Das verschafft uns genügend Zeit, um unentdeckt zu bleiben.

Bei den unterirdischen Tunneln handelt es sich um Schächte einer ehemaligen Mine, die früher hier vor Ort betrieben wurde.

Wenn wir die ganze Nacht durchmarschieren, schaffen wir es bis Tagesanbruch zu den Klippen des südlichen Meeres.

Wir müssen unbedingt den Ausgang der Höhle erreichen, ehe das Feuer in San Misa gelöscht ist ...

... und die Soldaten des Königreichs Hari bemerken, was wirklich geschehen ist.

... und er die Soldaten außerhalb der Stadt warnt ...

Wenn wir auch nur einen Mann aus San Misa entkommen lassen ...

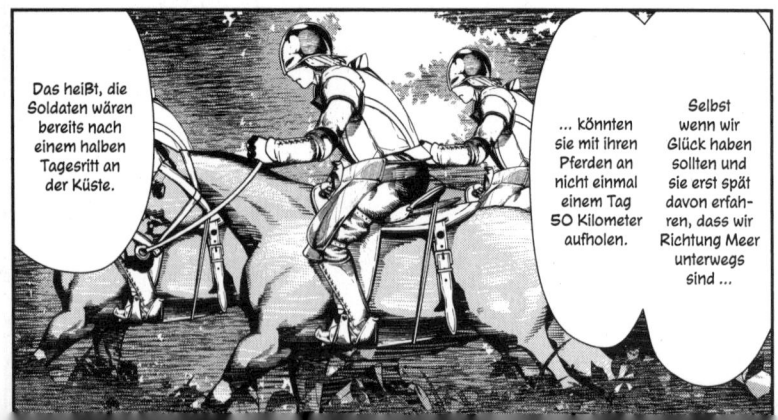

... werden sie zwangsläufig sämtliche Soldaten an allen Ausgängen der Tunnel positionieren, um uns zuvorzukommen.

Falls Hari über die Schächte Bescheid weiß ...

... sehen wir uns während unserer Flucht einem Angriff des Königreichs ausgesetzt!

Das heißt, die Soldaten wären bereits nach einem halben Tagesritt an der Küste.

... könnten sie mit ihren Pferden an nicht einmal einem Tag 50 Kilometer aufholen.

Selbst wenn wir Glück haben sollten und sie erst spät davon erfahren, dass wir Richtung Meer unterwegs sind ...

... schöpft jemand außerhalb San Misas Verdacht, ist das unser sicherer Tod!

Im schlimmsten Fall noch weit vor uns ...

Das bedeutet ...

Wenn ihr also leben wollt, tötet alle Männer mitsamt ihren Begleitern so schnell es geht!

Danach müssen wir sofort fliehen!

Und lasst niemanden entkommen!

Wer verletzt ist, wartet hier auf uns!

Teilt euch jetzt auf und bringt es zu Ende!

In nicht einmal einer halben Stunde konnten wir bereits 80% der Männer ausschalten. Also seid unbesorgt.

Gut, wir kümmern uns um die Häuser im Süden!

Wir behalten die Lage im Norden im Auge.

Sobald alles in Ordnung ist, kehrt sofort zurück. Es ist zu riskant, zu lange die Verfolgung aufzunehmen.

Ja... Du hast recht. Diese Hölle hier wird bald ihr Ende finden...

TSCHACK

168

Wir werden endlich wieder wie Menschen leben kön- nen ...

Nicht mehr lange und wir können ihnen ihre Freiheit zurückgeben.

Ja ... Die Mädchen riskieren alles.

Wir kommen besser voran, als ich dachte.

... beginnt mein persönlicher Kampf ...

Danach ...

Lady Priscilla, erlaubt Ihr mir, ebenfalls zum Haus im Osten zu gehen?
Aber, Laura ... Du solltest besser hier bei uns bleiben.
Bitte ... Ich habe mir geschworen, dass ich gemeinsam mit den anderen Frauen ...
... kämpfen werde ...
...
Laura ...
Bitte pass auf dich auf.
Bleib am Leben, hörst du? Ich brauche dich!

Wie Ihr wünscht, Mylady ...

H-FWFF

Wieso haben die Huren es auf uns abgesehen?!

HAH

HAH

Zum Teufel! Was geht hier vor sich?!

SLASH

SLASH

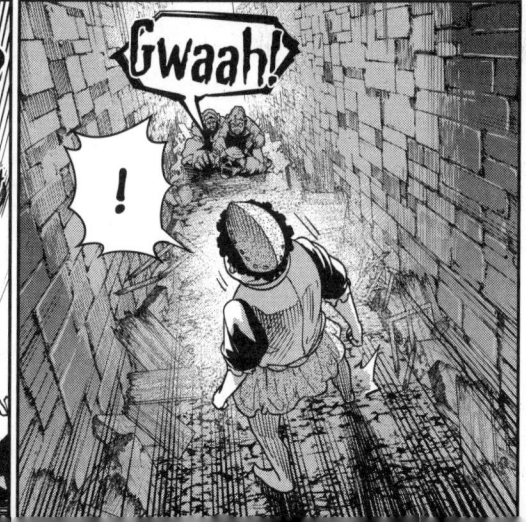

Gwaah!

!

L-los! Sieh zu, dass du rauskommst und die Soldaten warnst!

Scheiße, verdammt!

Niemand darf ent-kommen!

Sonst ...

PWCK

PWCK

DWTSCH

Das Freudenhaus im Westen

Wenn wir alle gleichzeitig reingehen, bemerkt er uns. Thelma, gehst du zuerst?

Wir haben nur einen Kerl hier bei uns.

NICK
つ、...

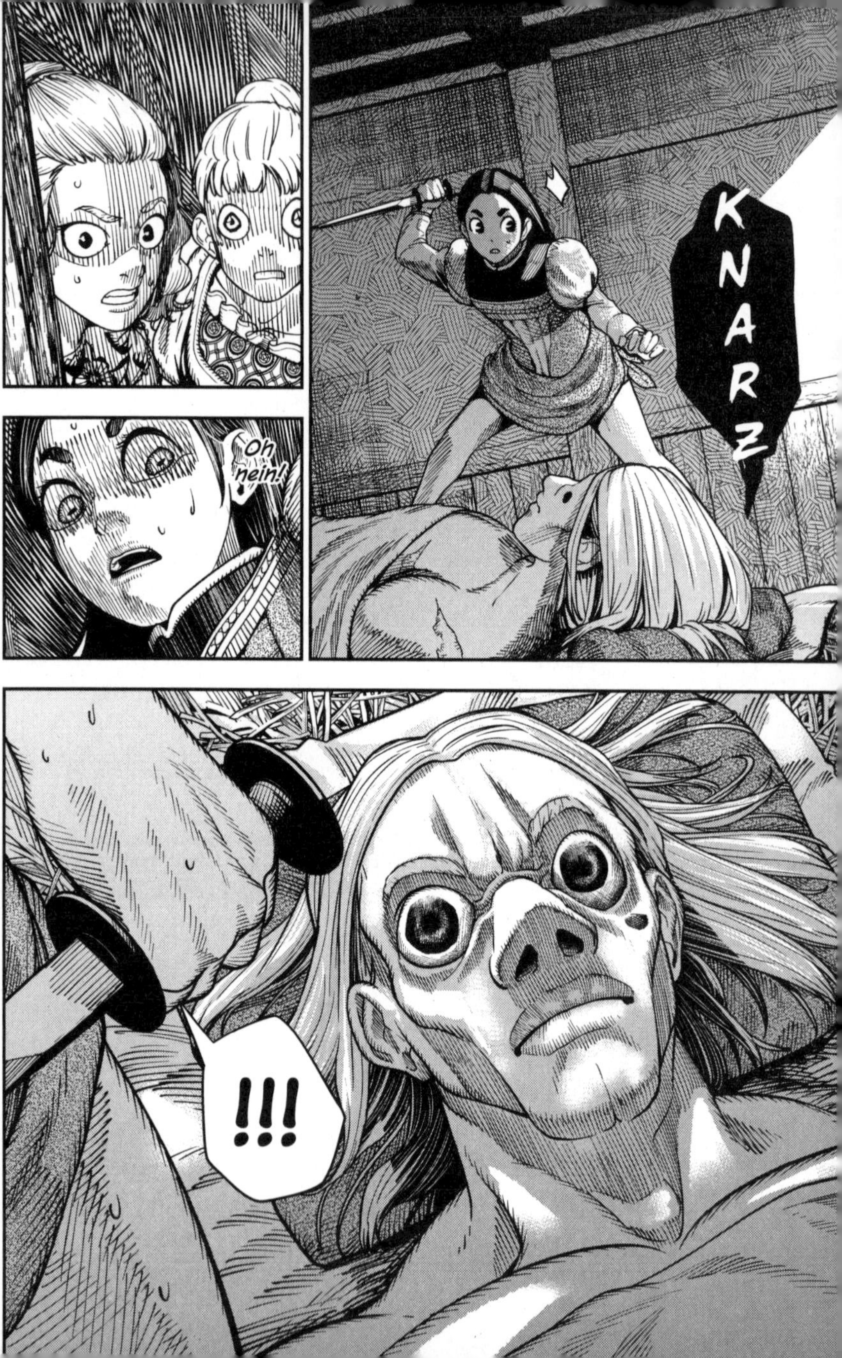
KNARZ
Oh nein!
!!!

Kh!
BWOTSCH
Was wollt ihr von mir?!
Halt seinen Arm fest!
Verstan-den!
Argh!

Seid
ihr ...

Ihr verdamm-
ten Huren! Ich
weiß nicht, was
für ein Spiel
ihr hier treibt,
aber ...

... noch
ganz bei
Trost?!

DOSCH

Wer verletzt ist, geht nach unten ...

Der Rest bereitet alles für den Brand vor!

Zehn von uns sind noch dort. Sollen wir nachsehen, ob alles in Ordnung ist?

Sind die Mädchen vom Haus im Westen noch immer nicht zurückgekommen?

Ja. Schau, ob du noch zehn weitere Mädchen mitnehmen kannst.

!

AA

TRAPP

ZRATSCH

Thelma!

Was ist mit den anderen Mädchen?

Lady Priscilla ... B-bitte ... verzeiht mir ... Es ... tut mir ... s-so ... leid ...

181

... Priscilla ...

Er ... er hat sie alle ... getötet ... Lady ...

GRAPP

B-bitte ... Ihr müsst am Leben blei...ben ...

Sehr gut. Wie viele sind auf der östlichen Seite noch übrig?

Ein Mann ist noch dort, aber drei von uns sind bereits unterwegs dorthin, um ihn zu töten.

Das Haus im Osten ist so gut wie erledigt.

Ich bin zurück!

!

Und Laura?

Sie ist doch auch zu den östlichen Häusern gegangen!

Kiria, Dolores und Michelle ... Die drei sind die Letzten im Osten.

184

Wir hätten ihr also eigentlich begegnen müssen ...

Um von hier nach Osten zu gelangen, muss man dieser Straße geradeaus folgen.

Was?

Aber wir haben Laura nicht gesehen!

FWSCHHH

Sind wohl auch ein paar hübsche Herzensbrecher darunter ...

Hihihi! Laura hat mir schon erzählt, dass sie viele spendable Fische an Land ziehen konnte.

In den Häusern hier soll es wohl auch unter den Soldaten einige geben, die sehr vermögend sind.

KLACK

PACK

WPP

Hm?

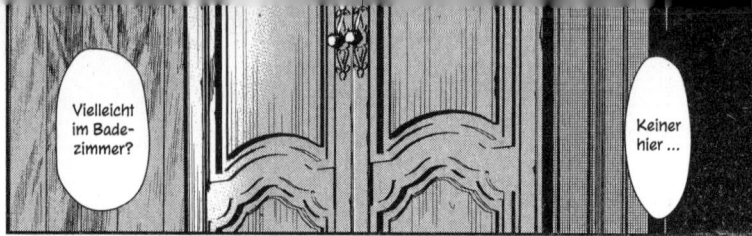

Vielleicht im Bade-zimmer?

Keiner hier ...

Gehen wir erst mal weiter.

Patrick, leise jetzt ...

Ein Auf-stand?

Laura ... Was geht hier vor sich?

Also ...

Ich habe nicht vor, die anderen zu hintergehen, aber ...

Ich helfe dir, zu entkommen, und kehre dann zu Lady Priscilla zurück.

Und was wirst du jetzt tun?

Zusammenleben?

Wenn das so ist, lass uns gemeinsam von hier verschwinden! Wir können irgendwo von vorne anfangen und zusammen sein!

Das wäre doch dann auch kein Verrat, oder?

Danach kannst du dich von den anderen Frauen trennen und mit mir kommen!

Dann treffen wir uns unterwegs einfach wieder!

Nein ... So einfach ist das nicht, Patrick ... Die anderen brauchen mich!

Ich möchte Priscilla helfen ...

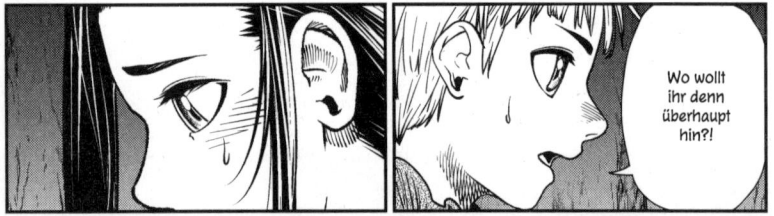

Wo wollt ihr denn überhaupt hin?!

Es gibt unterhalb San Misas ein Tunnelsystem ...

Das ist unsere Fluchtroute ...

Gut. Dann sei bitte auch vorsichtig, hörst du?

Die Luft ist rein. Es ist niemand mehr hier.

Prinz Marcels Herrschaftsgebiet San Marino

Quartier des Militärressorts

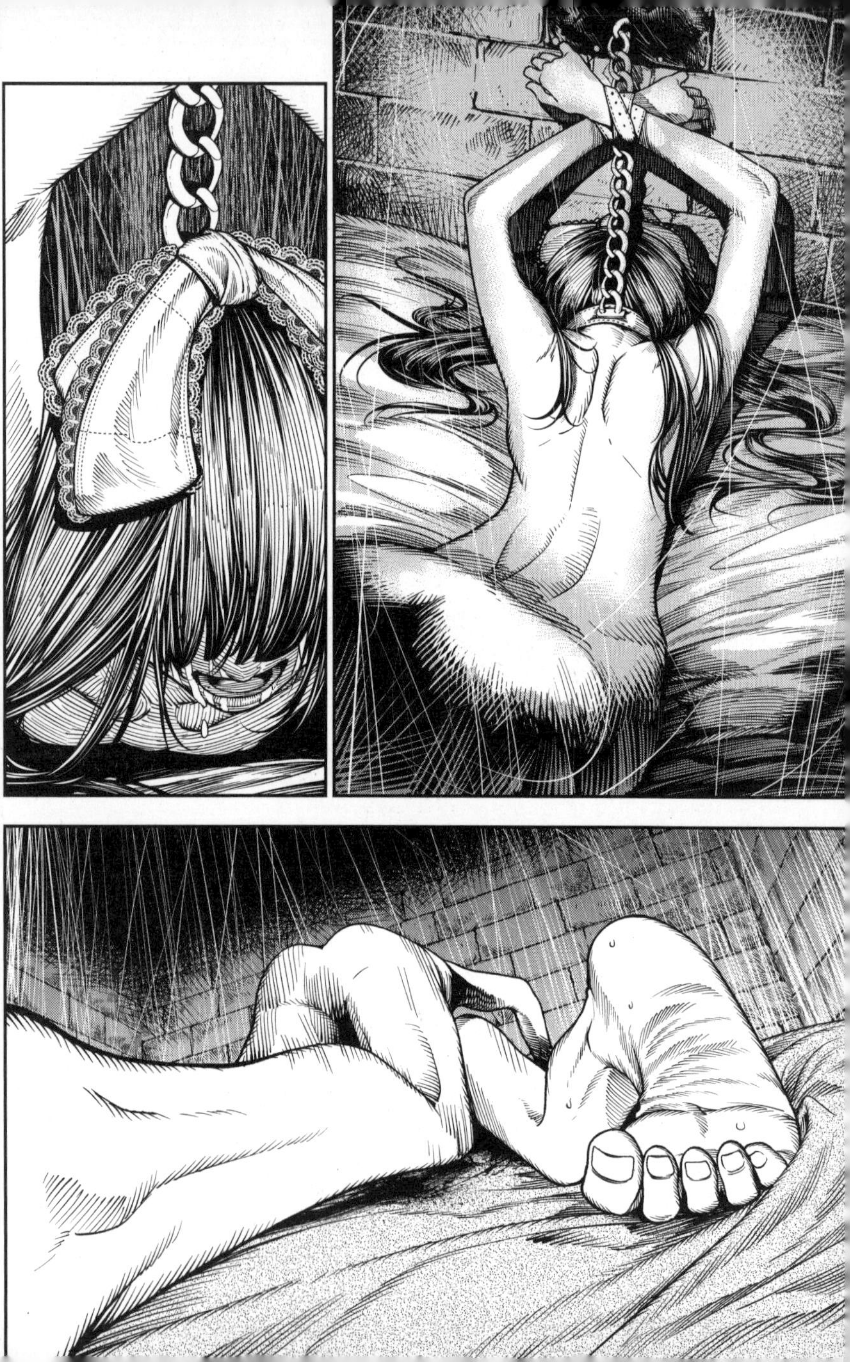

Wir erhielten soeben Meldung aus San Misa!

Komm rein.

Verzeihung!

Aus San Misa? Um die Uhrzeit? Was für eine Meldung soll das sein?

Wer bist du?

Entschuldigen Sie die Störung, Kommandant Karl!

Unter Einsatz meines Lebens konnte ich wichtige Informationen zu ihrer Fluchtroute erlangen!

Zur Stunde findet in San Misa eine Meuterei der Frauen statt!

Ich heiße Fitz Patrick und gehöre zum Sechsten Infanteriekorps.

Blood Crawling Princess - Band 1 - Ende

BLOOD CRAWLING PRINCESS

„Blood Crawling Princess"
von Yuki Azuma
Aus dem Japanischen von Martin Gericke
Originaltitel: „Chi o Hau Bokoku no Ojo" Vol. 1

Originalausgabe:
CHI O HAU BOKOKU NO OJO vol. 1
©2023 Yuki Azuma/SQUARE ENIX CO., LTD.
First published in Japan in 2023 by SQUARE ENIX CO., LTD.
German translation rights arranged with SQUARE ENIX CO., LTD.
and EGMONT VERLAGSGESELLSCHAFTEN mbH
through Tuttle-Mori Agency, Inc.

Deutschsprachige Ausgabe:
© 2025 Egmont Manga
verlegt durch Egmont Verlagsgesellschaften mbH,
Ritterstraße 26, 10969 Berlin.
safety@egmont.de

1. Auflage 2025
Verantwortliche Redakteurin: Stine Svenja Fahrich
Korrektorat: Ulrike Marotz
Gestaltung: Sonnenfisch Production – Laura Bartels
Koordination: Angelika Schönhuber
Printed in the EU
ISBN 978-3-7555-0472-6

www.egmont-manga.de

EGMONT
Shop

www.egmont-shop.de

Die Egmont Verlagsgesellschaften gehören als Teil der Egmont-Gruppe zur
Egmont Foundation – einer gemeinnützigen Stiftung, deren Ziel es ist, die sozialen,
kulturellen und gesundheitlichen Lebensumstände von Kindern und Jugendlichen zu
verbessern. Weitere ausführliche Informationen zur Egmont Foundation unter
www.egmont.com